창비시선 18

신경림 시집

새　재

창비

차　　례

제 1 부

제 2 부

제 3 부

□ 장　시

제 1 부

목계장터

하늘은 날더러 구름이 되라 하고
땅은 날더러 바람이 되라 하네
청룡 흑룡 흩어져 비 개인 나루
잡초나 일깨우는 잔바람이 되라네
뱃길이라 서울 사흘 목계나루에
아흐레 나흘 찾아 박가분 파는
가을볕도 서러운 방물장수 되라네
산은 날더러 들꽃이 되라 하고
강은 날더러 잔돌이 되라 하네
산서리 맵차거든 풀 속에 얼굴 묻고
물여울 모질거든 바위 뒤에 붙으려
민물새우 끓어넘는 토방 툇마루
석삼년에 한 이레쯤 천치로 변해
짐 부리고 앉아 쉬는 떠돌이가 되라네
하늘은 날더러 바람이 되라 하고
산은 날더러 잔돌이 되라 하네

<1976 · 엘레강스>

어허 달구

어허 달구 어허 달구
바람이 세면 담 뒤에 숨고
물결이 거칠면 길을 옮겼다
꽃이 피던 날은 억울해 울다
재 넘어 장터에서 종일 취했다
어허 달구 어허 달구
사람이 산다는 일 잡초 같더라
밟히고 잘리고 짓뭉개졌다
한철이 지나면 세상은 더 어두워
흙먼지 일어 온 하늘을 덮더라
어허 달구 어허 달구
차라리 한세월 장돌뱅이로 살았구나
저녁햇살 서러운 파장 뒷골목
못 버린 미련이라 좌판을 거두고
이제 이 흙 속 죽음 되어 누웠다
어허 달구 어허 달구

<1976 · 세계의 문학>

달래강 옛나루에

달래강 옛나루에 목을 잡고
이렁저렁 한세월 녹두적이나 구웠지
여름도 유월 진종일 돌개바람 일고
돌개바람 일어 모래기둥 올리고
어리석은 길손들만 찾아들더라
물비린내 역하면 가마니짝 내리고
목청 돋구어 옥루몽이나 읽을까
바람아 돌아라 석달 열흘만 돌아라
담뱃집 작은머슴 공사판 몽달귀신
바람 속에서는 그 애 울음이 들리지만
목도꾼의 어여차가 노래처럼 들리지만

새재 고갯마루 초막을 지키고
한 서른 해 열두 달쯤 묵이나 쳤지
쥐엄나무 잎 사이로 개똥불 뜨자
숨죽였던 원귀들 잠이 깨더라
맨발로 성큼성큼 흰 돌만 골라 밟고

골짜기 싸리밭을 밤새 헤맨대도
꽃도 흙도 술렁이다 다시 숨죽여
바람아 돌아라 석달 열흘만 돌아라
담뱃집 작은딸 머슴 찾는 상사귀신
찢어진 치맛귀에 검정피가 맺혔지만
분홍적삼 청치마에 된서리가 서렸지만

달래강 옛나루에 새재 마루에
돌개바람 돌아라 석달 열흘만 돌아라
못난 길손들 옷섶을 들치고
돌개바람 돌아라 새재 마루에

<1976 · 현대인>

白晝

빛 바랜 늙은 솔에 허연 햇살
흰 돌 자갈밭에 채알을 쳤네
둥두 둥두둥 둥두 둥두둥
발 일곱의 황룡 꿈틀대는
마혼날 또 아흐레 숨죽인 통곡
펄럭이는 쾌자자락 새파란 무당
분 먹인 얼굴에 서슬 세웠네
둥두 둥두둥 둥두 둥두둥
갈대밭에 얼굴 박고 잠든 아이야
여울물에 머리 풀고 우는 아이야
역귀 붙은 남정네들 상엿집에 피하고
아낙네들 메밀밭서 제 설움에 겨운데
둥두 둥두둥 둥두 둥두둥
대낮에도 강 건너엔 아우성소리
칠월에 산그늘엔 살기 찬 칼날
몸소지 올려라 부정소지 올려라
발 일곱의 황룡 아래 부정소지 올려라

둥두 둥두둥 둥두 둥두둥

빛 바랜 애버들에 허연 바람

햇살 따라 온 고을에 엉기는 요기

<1976 · 월간대화>

玉大門

하양병 던져라 열두 강 갈라지고
노랑병 던져라 불바다 재가 되네
열려라 돌대문 참칡 거적 위
내 아이들 무릎 안고 새벽잠이 든.
아이들 들쳐업고 열두 강을 건넜네
뇌성벽력 여우꿈에 혼이 빠져도
바위에 찢기고 가시에 긁히면서
빨강병 던졌네 불바다 다시 일어
파랑병 던졌네 열두 강 도로 막혀.
동네 밖에 금줄 쳐 잡귀 막아놓고
닫혀라 옥대문 떡갈나무 밑
내 아이들 새소리에 눈뜨는 아침.

투전방 뒷전에서 빨강병을 얻었네
떠돌이 책전에서 파랑병을 얻었네
헐린 시골 정거장 대목밑 장날
눈먼 계집 장타령에 노랑병을 얻었네.

강물을 가르고 불바다 지나
돌대문 열고 가서 내 아이들 업었네.

닫혀라 옥대문 눈뜬 내 아이들
머리 한 올 바람조차 넘볼 수 없게.

<1977 · 한국문학>

각 설 이

굿거리 장단에 어깻짓하며
동네방네 찾아가 소문을 팔다
헐어치운 대장간 벽 녹슨 모루에
얹어보면 험한 손 불빛이 검고
지쳐 누운 거적에 이슬이 찬데

하늘 보고 삼세번을 다시 절했네
천왕님 해왕님께 울며 빌었네
모질고 거센 바람 비켜 가라고
두렵고 어두운 노래 재워달라고

밤벌레는 울어대고 잊으라네 밤새워
왼손에 칼을 들고 밟아온 얼음
바른손에 불을 잡고 건너온 강물

절뚝이며 지나온 해로길 육로길
또 한 해 초라니 따라 흘러온 날더러

덜덜대는 달구지로 살아온 날더러

시비 거는 장꾼들 발길에 채어
한세상 각설이로 굴러다니다
한세상 광대로 허허대다가
눈떠 보니 서까래에 새벽별 희고

<1976 · 세계의 문학>

돌개바람

청미래덩굴 덮인 서낭당 돌무덤
당산에 모여드는 검은 먹구름
상나무 그늘에서 날 저무는 걸 보았다
묵밭에서 우는 풀벌레 소리 들었다

바람아 바람아 돌개바람아
돌아라 한백날 돌개바람아

사흘장 파장 끝낸 취한 장꾼들
침 두 번 뱉고 왼발 세 번 구를 제
내 온몸에 모랫바람 엉겨붙더라
내 눈에서 파랑불꽃 번득이더라

바람아 바람아 돌개바람아
돌아라 한백날 돌개바람아

칠팔월 역병막이 수수깡 바자

동네 사람 돌팔매에 목 움츠리고

삼밭에 숨어 서서 그이 오길 기다렸다

어둠 속에 달처럼 환히 뜨길 기다렸다

<1976 · 뿌리깊은 나무>

江　村

달래강 살얼음에 싸락눈이 깔렸네
먼 척 늙은 고모
바늘귀 더듬는 선달 그믐

——옛날 옛적 강 속에 이무기가 살았지
정갈한 처녀만 골라 잡아먹고——

철로 위를 덜컹대는 느린 화차
홀로 지킨 마흔에 또 몇 해
더 하나 느는 깊은 주름

지난일 다 잊고
애들 옷가지나 만지는
손주들 성화에 옛얘기나 흥얼대는

——천년을 닦아도 하늘길은 막혀
그믐이면 안개 되어 계족산을 감지——

강언덕 잡초 위에 잔바람이 일었네

같이 늙은 아들 내외

잠 설치는 선달 그믐

<1976 · 독서신문>

새　　벽

뱀이 숨었다 가시밭 속
산허리 낮게 감은 무거운 구름
나무도 숨죽인 빛 없는 한낮

나오라 나오라고 외쳐대라
눈뜨라 눈뜨라고 불러대라
노랑치마 찢겨 걸린 탱자나무에
파랑속곳 찢어 묻은 모래무덤에

아이들 엎드렸다 돌밭 속
산너머 들려오는 징소리가 두려워
돌로 바람 막고 모래 속에 숨었다

일어나라 일어나라 외쳐대라
눈뜨라 눈뜨라고 불러대라
노랑치마 파랑속곳 몸에 감고

뱀이 움직인다 가시밭에서

아이들 일어선다 돌밭에서

무거운 구름 걷히는 찬란한 새벽

나무도 몸 흔드는 환한 새벽

<1977 · 영대신문>

밤 길

강 하나 건너왔네 손도 몸도 내어주고
갯비린내 벽에 쩔은 엿도갓집 행랑방
감나무 빈 가지 된서리에 떨면서
내 여자 몸 무거워 뒤채는 그믐밤
고개를 넘어섰네 뜻도 꿈도 내던지고
협궤차 삐걱대던 면소재지 그 새벽도
못 박힌 손바닥에 팔자로 접어뒀네
내 여자 숨이 차서 돌아눕는 시린 외풍
험한 산길 지나왔네 눈도 귀도 내버리고
엿기름 달이는 건넌방 큰 가마솥
빈 내기 화투 소리 늦도록 시끄러운
내 여자 내 걱정에 피 말리는 한자정
강 하나 더 건넜네 뜻도 꿈도 내던지고
험한 산길 또 지났네 눈도 귀도 내버리고

<1977 · 월간중앙>

제 2 부

4월 19일, 시골에 와서

밤새워 문짝이 덜컹대고
골목을 축축한 바람이 쓸고 있다.
헐린 담장에 어수선한 두엄더미 위에
살구꽃이 피고 어지럽게
피어서 꺾이고 밟히고
그래도 다시 피는 4월.

나는 남한강 상류 외진 읍내에 와서
통금이 없는 빈 거리를 헤매이며
어느새 잊어버린
그날의 함성을 생각했다.
티끌처럼 쏠리며 살아온 나날
들처럼 뒹굴며 이어온 세월.

다시 그날의 종소리가 들리리라고
아무도 믿지 않는 밤은 어두웠다.
친구를 생각했다. 찬 돌에 이마를 대고

깊은 잠이 들었을 친구를
그 손톱에 배었을 핏자국을.

4월이 와도 바람은 그냥 차고
살구꽃이 피어도 흐느낌은 더 높은데
축축한 바람은 꽃가지에 와 매달려
친구들의 울음처럼 잉잉댔다.
진달래도 개나리도 피고
꺾이고 밟히고 다시 피는 4월
밤은 좀체 밝아오지 않았다.

<1977 · 주간시민>

다시 南漢江 상류에 와서

헐벗은 가로수에 옹기전에 전봇줄에
잔비가 뿌리고 바람이 매달려 울고
나는 진종일 여관집 툇마루에 나와
잿빛으로 바랜 먼산을 보고 섰다
배론땅은 여기서도 삼십 리라 한다
궂은 날 여울목에서 여자 울음 들리는
강 따라 후미진 바윗길을 돌라 한다
목잘린 교우들의 이름 들을 적마다
사기가마 굳은 벽에 머리 박고 울었을
황사영을 생각하면 나는 두려워진다
나라란 무엇인가 나라란 무엇인가고
친구들의 목숨 무엇보다 값진 것
질척이는 장바닥에 탱자나무 울타리에
누룩재비 참새떼 몰려 웃고 까불어도
불과 칼로 친구들 구하려다
몸 토막토막 찢기고 잘리고 씹힌
그 사람 생각하면 나는 무서워진다

번개가 아우성치고 천둥이 울부짖을 때
추자도 제주도 백령도로 쫓기며
그 아내 원통해 차마 혀 못 깨물 때
누가 그더러 반역자라 하는가
나라란 무엇인가 나라란 무엇인가고
헐벗은 가로수에 옹기전에 전봇줄에
잔비가 뿌리고 바람이 매달려 우는
다시 남한강 상류 궁벽진 강촌에 와서
그 아내를 생각하면 나는 두려워진다
내 친구를 생각하면 나는 무서워진다

〈1978 · 세계의 문학〉

君子에서

협궤열차는 서서
기적만 울리고 좀체 떠나지 못한다

승객들은 철로에 나와 앉아
봄볕에 가난을 널어 쪼이지만
염전을 쓸고 오는
바닷바람은 아직 맵차다

산다는 것이 갈수록 부끄럽구나
분홍 커튼을 친 술집 문을 열고
높은 구두를 신은 아가씨가
나그네를 구경하고 섰는 촌 정거장

추레한 몸을 끌고 차에서 내려서면
쓰러진 친구들의 이름처럼 갈라진
내 손등에도 몇 줄기의 피가 배인다

어차피 우리는 형제라고
아가씨야 너는 그렇게 말하는구나
가난과 설움을 함께 타고난
아무것도 잃을 것이 없는 형제라고

역 앞 장터 골목은 누렇게 녹이 슬고
덜컹대는 판장들이 허옇게 바랬는데

석탄연기를 내뿜으며 헐떡이는
기차에 뛰어올라 숨을 몰아쉬면

나는 안다 많은 형제들의 피와 눈물이
내 등뒤에서 이렇게 아우성이 되어
내 몸을 밀어대고 있는 것을

<1975 · 현대문학>

港　口

온종일 부둣가를 맴돌다 돌아온다
창녀촌 근처 덜컹대는 하숙집
깨어진 거울 속 내 이마의 주름에도
축축하게 어느새 연기가 끼었다

바다에서는 바람만 세차게 몰아치고
좀체 잠이 안 와 다시 거리로 나서서

자정이 가까운 선술집 포장을 들치면
거기 모여앉은
투박한 새 친구의 얼굴들

아무렇게나 어울려 그렇다 나는
모든 것을 잊으리라 주먹을 쥔다

먼지를 털며 도망쳐나온 골목을
단무지를 집던 그 여자의 누렇게 뜬 손을

등줄기에 쏟아지던 친구들의 욕지거리를

바다에서는 파도소리만 높이 들려오고
외항선 검은 선체에도
불빛이 없다

<1976・월간중앙>

개치나루에서

이곳은 내 진외가가 살던 고장이다
그해 봄에 꽃가루가 날리고
꽃바람 타고 역병이 찾아와
마을과 나루가 죽음으로 덮이던 고장이다

다시 전쟁이 일어
내 외로운 친구 숨죽여 떠돌다가
저 느티나무 아래
몰매로 묻힌 고장이다

바람아 다 잊었구나
늙은 나무에 굵은 살구꽃이 달려도
봄이 와서 내 친구 꽃에 붙어 울어도
바람아 너는 잊었구나 그 이름
그 한 그 설움을

이곳은 내 진외가가 살던 고장이지만

죽음 위에 꽃가루 날리던 나루이지만
원통하게 내 친구 묻힌 고장이지만

모두 다 잊어버린 장바닥을 돌다
한산한 대합실 나무의자에 앉아
읍내로 가는 시외버스를 기다린다
바람아 너는 잊었구나 그 이름
그 한 그 설움을

<1978 · 문예중앙>

東海紀行

도시의 온갖 쓰레기들에 묻어
큰 재를 넘어 이곳에 버려진다
거리에는 바닷바람이 불고
미루나무가 몸을 틀며 울고
구죽죽이 철늦은 비가 내렸다

읍내는 어둡고 답답했다
비린내가 밴 뒷골목을 찾아가
썩어서 문드러진 유행가를 들으며
서울에서 날라온 독한 소주를 마셨다

바다는 푸르고 차가웠지만
껌을 파는 어린 계집애는 맨발이었다
바닷가를 따라 올라가면
그곳이 할아버지의 고향이라고 자랑한다

멀리서 뱃고동이 울어도

이곳도 무엇 하나 다른 것이 없었다
한여름인데도 내 친구들은 추워 떨고
사람들은 서로 두려워하고 미워했다

구죽죽이 철늦은 비가 내리고
부두에 나가보면 그곳까지도
도시의 찌꺼기들이 몰려와 아우성쳤다
갈매기가 떼지어 울고 머지 않아
태풍이 올 것이라는 소문인데

이곳도 무엇 하나 다른 것이 없었다
전쟁이 다시 일 것이라고 수군대는
뒤숭숭한 뱃사람들을 헤집고 나가 서면
높은 파도만 방파제를 때리며 울었다
억센 파도만 가슴을 때리며 울었다

<1977 · 문예중앙>

頌德碑

1

——그해 을해와 병자
두 해에 걸쳐 큰 가뭄이 들다
배고파 우는 소리 거리를 메우고
밤낮으로 끊이지 않는 도둑의 떼
어진이 참다 못해 곳간을 열어
백 석 쌀 풀어 밥을 끓이고
온 고을 사람 모아 배를 불리다——

2

비석 뒤에 손들이 어른댄다
어진이 뜻 받들어 감읍하는 야윈 손
비석 둘레에 눈들이 두런거린다
절망과 체념으로 생기 잃은 눈
비석을 싸고 아우성이 엉겨 있다

저주와 분노로 일그러진 목소리

3

귀갓길 버스 또 골목 구멍가게 앞에서
때로는 새벽 잠든 아이들 곁에서
주먹을 쥐어보다 문득 생각한다
잘난이들의 우스개가 되어
어진이들의 노리개가 되어
이리저리 비슬대며 살아온 한세월을
송덕비 뒤에 어른거릴 내 손 내 한숨을
저주와 분노로 굳어진 내 목소리를

<1978 · 월간독서>

비 오는 날

물 묻은 손바닥에
지난 십년 고된 우리의 삶이 맺혀
쓰리다

이 하루나마
마음놓고 통곡하리라
아내의 죽음 위에 돋은
잔디에 꿇어앉다

왜 헛됨이 있겠느냐
밤마다 당신은 내게 와서 말했으나
지쳤구나 나는
부끄러워 우산 뒤에 몸을 숨기고

비틀대는 걸음
겁먹은 목청이 부끄러워
우산 뒤에 몸을 숨기고

소매 끝에 밴 땟자국을 본다
내 둘레에 엉킨
생활의 끄나풀을 본다

삶은 고달프고
올바른 삶은 더욱 힘겨운데

힘을 내라 힘을 내라고
오히려 당신이 내게 외쳐대는
이곳 국망산 그 한 골짜기 서러운 무덤에
종일 구질구질 비가 오는 날

이 하루나마 지쳐 쓰러지려는 몸을 세워
마음놓고 통곡하리라

<1977 · 여원>

나는 부끄러웠다 어린 누이야

차고 누진 네 방에 낡은 옷가지들
라면봉지와 쭈그러진 냄비
나는 부끄러웠다 어린 누이야
너희들의 힘으로 살쪄가는 거리
너희들의 땀으로 기름져가는 도시
오히려 그것들이 너희들을 조롱하고
오직 가난만이 죄악이라 협박할 때
나는 부끄러웠다 어린 누이야
벚꽃이 활짝 핀 공장 담벽 안
후지레한 초록색 작업복에 감겨
꿈 대신 분노의 눈물을 삼킬 때
나는 부끄러웠다 어린 누이야
투박한 손마디에 얼룩진 기름때
빛 바랜 네 얼굴에 생활의 흠집
야윈 어깨에 밴 삶의 어려움
나는 부끄러웠다 어린 누이야

나는 부끄러웠다 어린 누이야
우리들 두려워 얼굴 숙이고
시골 장바닥 뒷골목에 처박혀
그 한 겨우내 술놀음 허송 속에
네 울부짖음만이 온 마을을 덮었을 때
들을 메우고 산과 하늘에 넘칠 때
쓰러지고 짓밟히고 다시 일어설 때
네 투박한 손에 힘을 보았을 때
네 빛 바랜 얼굴에 참삶을 보았을 때
네 야윈 어깨에 꿈을 보았을 때
나는 부끄러웠다 어린 누이야
네 울부짖음 속에 내일을 보았을 때
네 노래 속에 빛을 보았을 때

<1978 · 한국문학>

喊聲

한때 우리는 말을 잃었다.
눈을 잃고 귀를 잃었다.
짙은 어둠이 온 고을을 덮고
골목마다 안개가 숨을 막았다.

웃음을 잃고 노래를 잃었다.
어디로 가고 있는가 우리는 몰랐고
누구를 찾고 있는가 우리는 몰랐다.
꽃의 아름다움 저녁놀의 서러움도
우리는 몰랐다.

그러나 우리는 보았다 그날
이 어둠 속에서 일어서는 그들을.
말을 찾아서 빛을 찾아서
웃음을 찾아서 내달리는 그들을.
어둠을 내어모는 성난 아우성을.

구름 사이로 내비치는 햇빛을 보았다.
먼 숲 속의 새소리를 들었다.
사람들은 거리를 메우고
이제 이 땅에 봄이 영원하리라 했으나

그러나 아아 그러나
모진 폭풍이 다시 몰아쳤을 때
우리는 잊지 않으리라 비겁한 자의
저 비겁한 몸짓을 거짓된 웃음을.

용기 있는 자들은 이 들판에 내어쫓겨
여기 억눌린 자와 어깨를 끼고 섰다.
멀리서 울리는 종소리를 듣고 섰다.
저것이 비록 죽음의 종소리일지라도.

한 사람의 노래는 백 사람의 노래가 되고
천 사람의 아우성은 만 사람의 울음이 된다.

이제 저 노랫소리는

너희들만의 것이 아니다.

우리는 모두 어깨를 끼고 섰다.

<1977 · 창작과비평>

친 구 여

『씨올의 소리』 창간 7주년에 부쳐

한밤에 눈을 뜨고 있는 친구여
일어나라 일어나라 외쳐대는 친구여

벌판을 짓이기는 바람
거리를 덮는 흙먼지를 우리가
아직 보지 못했을 때

그리하여 부러지는 풀모가지
쓰러지는 나뭇기둥들을
아직도 우리가 보지 못했을 때

친구여 너는 부르짖었다
보라 보라고 흙담 너머로
쏟아지는 저 꽃이파리들을 보라고
찢기고 멍든 저 꽃이파리들을 보라고

한밤에도 잠을 자지 않는 친구여

눈을 떠라 눈을 떠라 외쳐대는 친구여

시골 장터 뒷골목
목롯집 뒷방에 술이 취해 쓰러져
해야 할 일을 우리가
아직 찾지 못하고 있을 때

오직 절망하고
절망하고 뉘우치고
다시 술이 취해 쓰러져 있을 때

친구여 너는 부르짖었다
일어나라 일어나라고 어두운
거리에 깔리는 저 아우성을
들으라고

친구여 한밤에도 눈을 부릅뜨고

일어나라 일어나라 외쳐대는 친구여

<1977·씨ᄋᆞᆯ의 소리>

제 3 부

찔레꽃
바 람
奧地日記
나루터 日記
어둠으로 인하여
어느 장날
산까치
시골길에서
까치소리
벽지에서 온 편지
故鄕에 와서

찔 레 꽃

아카샤꽃 냄새가 진한 과수원 샛길을
처녀애들이 기운없이 걷고 있었다
먼지가 켜로 앉은 이파리 사이로
멀리 실공장이 보이고 행진곡이 들리고
기름과 오물로 더럽혀진 냇물에서
아이들이 병든 고기를 잡고 있었다
나는 한 그루 찔레꽃을 찾고 있었다
가라앉은 어둠 번지는 종소리
보리 팬 언덕 그 소녀를 찾고 있었다
보도는 불을 뿜고 가뭄은 목을 태워
마주치면 사람들은 눈길을 피했다
겨울은 아직 멀다지만 죽음은 다가오고
플라타너스도 미루나무도 누렇게 썩었다
늙은이들은 잘린 느티나무에 붙어앉아
깊고 지친 기침들을 하는데
오직 한 그루 찔레꽃이 피어 있었다
냇가 허물어진 방죽 아래 숨어 서서

다가오는 죽음의 발자국을 울고 있었다

<1978 · 서강>

바　　람

1

늙은 가로수 헐벗은 가지에 매달려
칭얼댄다 소생하라 소생하라고
도장포 찌그러진 간판에 엉켜 운다
미장원 밝은 유리창을 흔들어댄다
어린 처녀애들이 허벅지를 드러내놓고
킬킬대며 장난질치는 것들을 엿본다

바람은 진종일 읍내를 돈다
밥집을 기웃대고 소줏집을 들락인다
싸전 윷놀이판을 구경하고 섰다가
골목을 빠져 언덕 토담집들을 뒤진다

짐꾼의 리어카에 실려 덜덜대며
다시 시장바닥으로 내려와서는
소경 부부 아코디언에 신명을 낸다

저물면 잠을 자러 온다 바람은

갯바닥에 팽개쳐진 어지러운 철거민촌
천막을 들치면 해수 앓는 늙은 아내
극장을 돌며 과일 파는 다 큰 딸
일어나라 일어나라 들쑤셔대도
바람이 녹이기엔 절망이 너무 깊어

이리저리 뒤척이다 거리로 나오는 바람
시계방 입간판을 넘어뜨리고
아직 찬 온 읍내를 흙먼지로 휘덮는다
묵은 나뭇잎을 시궁창에 몰아치고

거짓된 자의 창에 돌이 되어 쏟아진다
비겁한 자의 창에 파도가 되어 깨어진다

2

삼월이 오면 바람이 다시 우리를 속이고
우리가 바람이 되어 진종일 읍내를 돈다

<1978 · 문학과지성>

奧地日記

거리에는 아직 가을볕이 따가웠다.
수수밭에 바람이 일고
미루나무가 누렇게 퇴색해도
활석광산으로 가는 트럭이 온 읍내를
먼지로 뒤덮는 추분.

그 탁한 먼지 속에서 나는
한 여자를 알게 되었다.
우리는 사랑을 하게 되었나보다
지치고 맥빠진 그 따분한 사랑을.

사과가 익는 과수원을 돌아
거기 연못을 찾아가면 여자는 이내
말을 잃고 나는 그 곁에서
쓴 막소주를 마셨다.

어디에도 내 친구들은 없었다.

연못 위에는 낮달이 떴으나
떠도는 것은 숱한 원귀들뿐이었다.
여자는 더욱 말을 잃었지만

삶은 갈수록 답답하고 가을이 와도
읍내는 온통 먼지로 뒤덮였다.
물가 술집 마루에 와 앉으면
참빗장수들 구성진 노랫가락
물바람 타고 오고

바라보면 멀리 뻗친 고갯길
타박대는 외지 장꾼들 또 일소들.
여자의 치마에 개흙이 묻어 돌아오는
미루나무가 누렇게 퇴색한 언덕길에서

우리는 사랑을 하게 되었나보다
지치고 맥빠진 그 따분한 사랑을.

수수밭에 바람이 일고 추분이 와도
거리에도 지붕에도 간판에도 가슴에도
온통 뿌옇게 먼지만 쌓였다.

<1977 · 현대여성>

나루터 日記

부서진 바윗조각 벽돌짝 돌멩이에도
내 형제들의 땀과 숨이 배어 있다고
유주막 늙은 사공은 늘 술이 심했다

그의 과수 며느리는 내 먼 척 고모였다
산사나무에 흰옷 뒤집어 걸어놓고
반평생을 밤마다 남정네를 기다렸다
아우성 울부짖음 속에 세상 뜬 제 사내를

키 작은 잡목숲 아그배나무 가지에
바람은 겨우내 파랗게 얼어 떨고
문풍지를 울리는 먼산의 짐승소리가
떠도는 원통한 넋들을 불러들여
그래서 그 겨울은 길고 지겨웠을까

강과 산에서 내가 마주치는 것은 죽음이요
되살아오는 것은 죽음의 얘기뿐이었지만

나는 문득 죽음이 두렵지 않았다

녹두적 기름내가 나루에 번지는
강 건너 읍내에 세밑 장날이 오면
이물바닥 헌 소반 툇마루에도 붙은 원귀들
내 형제들을 업고 멀리 떠날 준비를 한다

<1978 · 문학과지성>

어둠으로 인하여

복사나무 노간주나무 아래
여자들이 울고 있다

잡목숲 넝쿨 사이 스쳐온 한숨
모랫벌에 뱃전에 부서지는 물소리
고샅에 디딜방앗간에

어둠이 엉겨붙고 술렁이고
소용돌이치고 서로 부르고

원귀가 되어 잡귀가 되어
밤새껏 미친 듯이 맴을 돌고
춤을 추고

여자들이 울고 있다
형제들을 부르고 있다
노간주나무 물푸레나무 아래

어둠으로 인하여

원통한 죽음들로 인하여

<1978・문학사상>

어느 장날

엽연초 조합
뒤뜰에
복사꽃이 피어 밖을 넘보고 있다.

정미소 앞, 바구니 속에서
목만 내놓은 장닭이 울고
자전거를 받쳐놓은 우체부가
재 넘어가는 오학년짜리들을 불러세워
편지를 나누어주고 있는 늦오후

햇볕에 까맣게 탄 늙은 옛친구 둘이
서울 색시가 있는 집에서 내게
술대접을 한다.

산다는 일이 온통 부끄러움뿐이다가도
이래서 때로는
작은 기쁨이기도 하다.

<1978 · 세계의 문학>

산 까 치

사과가 주렁주렁 달린 과수원
샛길을 지나 산등성에 올랐다.
추워 떠는 여윈 풀꽃에 덮여
묵뫼는 한 천년 엎드려 울고

땀을 식히며
고향의 헌 거리를 굽어본다.

산까치가 될 건가, 늙은 느티나무에
머리를 부딪치며 울고 싶은 산길
원통한 산바람

노예들의 헛된 싸움터를 좇아
산성을 돈다. 머리로 종을 때려
깊이 잠든 친구들 깨워 세울
산까치도 될 수 없는 고향 언덕에서

<1977 · 대학입시>

시골길에서

긴 능선이 하늘을 받치고 있다
그 아래 하나 둘 나타났다 사라지는
무거운 불빛
한 곳 트일 데 없는 막막한 어둠

하루쯤 후미진 산골을 돌아본들
넝마처럼 해진 삶은 더욱 황량하고
휴게소에서 내려
뜨거운 국수국물을 마신다

무엇을 할 수 있는가
끊임없이 뉘우치고만 있을 것인가
타락의 대열 한귀퉁이에서
파멸의 행진 그 한귀퉁이에서

대폿집에서 찻집에서
시골길에서

길은 어둠 속을 향해 뻗쳐 있고
다시 버스는 힘을 다해 달리는데
긴 능선이 하늘을 받치고 있는
그 허공 속에서 문

말없이 사는 이들의 숨죽인
울음소리를 듣는다

<1978 · 엘레강스>

까치소리

간밤에 얇은 싸락눈이 내렸다
전깃줄에 걸린 차고 흰 바람
교회당 지붕 위에 맑은 구름
어디선가 멀리서 까치소리

싸락눈을 밟고 골목을 걷는다
큰길을 건너 산동네에 오른다
습기찬 판장 소란스런 문소리
가난은 좀체 벗어지지 않고
산다는 일의 고통스러운 몸부림

몸부림 속에서 따뜻한 손들
들판에 팽개쳐진 이웃들을 생각한다
지금쯤 그들도 까치소리를 들을까
소나무숲 잡목숲의 철 이른 봄바람
학교 마당 장터 골목 아직 매운 눈바람

싸락눈을 밟고 산길을 걷는다
철조망 팻말 위에 산뜻한 햇살
봄이 온다고 봄이 온다고
어디선가 멀리서 까치소리

<1978 · 바둑>

벽지에서 온 편지

침침한 석웃불 아래 페스탈로찌를 읽는다
밭일에 지쳐 아내는 코를 골고
딸아이 젖 모자라 칭얼대는 초아흐레

서울 천리를 생각한다
통술집에 엉킨 뜨거운 열기
어지러운 노래

달빛이 깔린 교정을 걷는다
먼 마을 초저녁 닭 소리를 듣는다
광부들의 간데라 두런대는 불빛
교사를 돌아가 토끼장을 살핀다

다시 생각한다 서울 천리
만원버스에 시달리던 귀갓길
통행금지 직전

석윳불 심지 돋워 일지를 쓴다
일학년과 삼학년의 교안을 짠다
흐린 시험지에 점수를 매긴다
쑤세미처럼 거친 아내 손을 잡는다

<1977 · 교육춘추>

故鄕에 와서

아내는 눈 속에 잠이 들고
밤새워 바람이 불었다
나는 전등을 켜고
머리맡의 묵은 잡지를 뒤적였다

옛친구들의 얼굴을 보기가
두렵고 부끄러웠다
미닫이에 달빛이 와 어른거리면
이발소집 시계가 두 번을 쳤다

아내가 묻힌 무덤 위에 달이 밝고
멀리서 짐승이 울었다
나는 다시 전등을 끄고
홍은동 그 가파른 골목길을 생각했다

〈1976 · 낚시춘추〉

長　詩

새　재

새 재

여울물 요란스레 벼랑에 부딪치고
벼랑 끝
그 모롯바위 끝에까지
진달래가 빨갛다.

꾀꼬리가 운다
다시 사월이 왔다고.
오두재 넘는 길 그 오솔길로
아지랑이 가득 안고
다시 사월이 왔다고.

사월은 나루터에서 서성거린다
다리 저는 사공
나룻배 저어 올 때까지.
억새에 파랗게 물이 오르고
불거지 오색으로 몸빛이 변했는데
바람과 함께 나룻배에 오르면

다시 진달래 피었는데도
이곳은 서러운 땅.
기왓장 벽돌짝 찌그러진 옹기조각
초가집 서너 채
드문드문 엎드린 옛 장터.

주재소 자리 담배밭에서
면소 자리 마늘밭에서
곡괭이를 짚고 서서
괭이를 받치고 앉아
이 고장 사람들
옛날처럼 사월을 맞는다.

누가 알리 그들의 원한을,
누가 말하리 그들의 설움을.

언덕으로 뻗어올라간

탱자나무 울타리
가시 덮인 돌무덤
저것은 도적의 무덤이라
그렇게 배웠지만,
도적의 무덤이라
말하라 배웠지만,
저것은 한 이름없는
젊은이의 무덤.

“1913년 새재에서 싸우다가
원통하게 목잘려
원귀로 객지를 떠돈 지 그 몇 해
이제사 고향땅에 돌아와
잠들다, 병진년에”

제 1 장

1

이 억센 주먹을 어디에 쓰랴
조각배 저어 벼랑 돌면
낮은 언덕 위로
떼지어 핀 흰 싸리꽃.
물결 위에 쏟아지는
금빛 숫햇살.

참죽나무 굴피나무 가지 사이에
물새들은 숨어서
숨어서 지저귀지만

배 위에선

발묶인 장닭이 두려워 꼬꼬대고
메방앗집 성골양반
긴 하품 밭은기침.

복여울나루
이른 아침
물길 이십 리
흐드러진 꽃길

흰 모래밭 나루에 장꾼을 풀고
마지막 어머니가
떡함지 이고 내리면
더딘 봄날 푸진 햇살만
등줄기에 따스운데

모래밭을 지나 언덕에 오르다
장터는 아직 일러 스산하고

외팔이네 큰 가마에서
아침 국밥이 끓는다.

이 억센 두 다리를 어디에 쓰랴.
잠이 덜 깬 연이는
나를 피해 수줍게 웃네

동그란 어깨 위에 노랑저고리
고운 때,
봉당에 쭈그리고 앉아
달래 다듬는 터진 손
팽팽한 손목.

그의 몸에서는 비린 물내음
그의 몸에서는 신 살구내음
취할 듯 진한 살구꽃내음.

여우가 둔갑을 한다는 여우골
늑대가 새끼를 쳤다는 늑대굴
도깨비가 변해 되었다는 도깨비바위
아무데도 우리는 무섭지 않았다.

부엉이가 울고
여울이 울고
여울 속에서 이무기가 울고
새벽달이 기울고
닭이 울면

푸섶을 헤치고 연이는 돌아가고
나는 배를 저어
물길을 타고 내려왔다.
새벽하늘
성근 별 헛헛한 가슴.
이 억센 가슴을 어디에 쓰랴.

2

어머니는 내가 두렵다 한다.
내 이 억센 힘이 두렵다 한다.
한밤중에 뛰쳐나와
강변을 한바퀴씩 휘돌아치는
내 미친 짓이 두렵다 한다.
먼산을 향해 늑대처럼 짖는
내 울음이 두렵다 한다.

아버지는 나이 든 떠돌이였다 한다.
진눈깨비치는 날
방물짐 지고 들어왔다
문득 이른봄에 떠났다 한다.

지아비 두번째 잃은 어머니는
장터를 돌며 개피떡을 팔고

돌배처럼 흔해빠진 자식이나 없었으면
그래서 내 이름이
돌배가 되었다 한다.

어머니는 장터를 돌며 개피떡을 팔고
복여울나루 개치나루 목계창 가흥창
나는 강물 따라 장짐 나르는
사공이 되어 돌고
한밤중에 강가에 나와 서서
워이워이 승천 못한 이무기처럼 운다.

갑진년 돌림병에도 살아 남은 두 형
무신년 물난리에 빠져죽은 각성바지
정참판집 첩 세간 건지다가
뻘건 흙물에 쓸려간 두 형

논 닷마지기에 두 아들을 팔았구나,

어머니는 늦도록 담배를 말고
기침을 하고
산울타리에는 강바람이
을씨년스럽게 매달려 울고.

3

칠월 백중 돌아오면 나는 미친다.
뜨거운 뙤약볕에 빨갛게 단 강돌
배도 사랑도 집도 팽개치고
열 고을 스무 장터 떠돌이가 되었다.

그러께에는 애기씨름을 쓸었다,
목계 가흥 입장 안받내
마구 돌며 쓸었다.
내 친구 근팽이 모질이 팔배
공중제비하고 땅재주 넘고

쌀짝을 둘러메고 장마당을 돌고.

또 지난해에는 중씨름을 쓸었다,
친구들 남의 꽹과리 빼앗아 치고
치면서 싸전 쇠전 닭전을 돌고
본바닥 장정들과 싸움질을 벌이고
사화술자리가 싸움판으로 바뀌고.

송아지 네 마리를 먹고 마시고
되 이무기 되어 돌아온 강가는
쓸쓸한 가을
왜가리떼 억새풀 속에서
잔 고기 찾고 있었다.

장터로 가는 배 속에서
나라를 도둑맞았다
사람들은 쑤군댔으나,

나라란 무엇인가
나라란 무엇인가.

나라란 우리에게서 빼앗기만 하는 곳
땅에서 쫓아내고 집을 빼앗는 곳
지아비를 빼앗아가고 지에미를 짓밟는 곳.

내게는 오직 강이 있을 뿐이다.
배를 저어가는 두 팔이 있고
외팔이네 집에 가면
연이가 있다.
동그란 어깨에 노랑저고리
취할 듯 진한 살구꽃내음.

4

못자리하고

마늘밭에 두엄 내고
진달래 꺾어다 꽃전 굽고
진종일 바람이 불었다.

봉당에 들마루에
티끌이 날려오고 쌓이고
꽃잎이 살구꽃잎이 날려와 덮이고,
흰 나비를 먼저 본 아이들
주린 배 안고
오줌독 옆에 수심에 잠겨 섰는데

안골 정참판댁
열두 겹 깊은 담 안
여인네들 웃옷 벗고
머리 감는 삼월 삼짇날
강남새가 오는 것도 나는 역겹네.

용수머리 속으로 배 몰아 들어가면
무명잠방이 함빡 적시는 물보라
이물간에 들끓는 물울음
돌아라 돌아라 물을 따라 돌아라.

인분 푸고 오줌장군 지고
발바닥 부르트게 일하는 것
이 모두가 정참판네 위한 일.

인심 좋다는 정참판
외입질 잘하는 정참판,
빨래바위 새우젓장수
엉덩이 큰 둘째딸
개똥벌레 뜬소문에
쌀 한짝 선뜻 내어주고.

물길을 거슬러 바위에 배를 댄다.

벼랑을 기어올라 진달래를 꺾을거나,
물속으로 뛰어들어 잉어라도 건질거나.
오늘밤 달 뜨걸랑
연이 보러 갈거나.

안인심 후하다는 큰마님
그 웃음이 나는 싫네.
백옥 같은 흰 살결
벌레 보듯 나를 보는
삼단 같은 머리채의
큰애기씨 나는 싫네.

섶에살이 한 십년에
찢기고 할퀴인 내 손등
트고 째어진 내 다리.
험하고 궂은 일에
닳고 해어진 연이 손등.

땅에 끌리는 비단치마
큰애기씨 나는 싫네,
한 됫박 싸래기에 눈물 짓는
어머니도 나는 싫네.

오늘밤 달 뜨걸랑
연이 보러 갈거나.
문경 새재 넘어가면
새 세상이 있다는데,
가난하고 억울한 사람 모여 사는
새 세상이 있다는데.

5

진달래 개나리 살구꽃 싸리꽃
꽃들이 동네를 에워쌀수록
사람들 더욱 배고파진다

그러께 내려 지난해도 흉년.

웃음소리는 높은 담
기와집 속에서만 들리고
사람들은 허기진 배 움켜안고
기와집 눈치만 본다.
답답한 올보리 언제나 패나.

산기슭 강변 들판에
쑥도 이제 바닥났구나,
아이들은 물찌똥 곱똥을 싸고
힘없이 자릿바닥에 엎드려 누웠다.

들어서 삼십리 나서 삼십리
이 고장은 모두 정참판네 땅
싸래기 한 됫박에
어머니는 고마워 울지만,

내게는 억센 주먹이 있고
목계창 이십리 물길이 있고
연이가 있다.

나는 싫네 정참판이 싫네,
마님이 싫고 작은마님이 싫고
삼단 같은 머리채의
큰애기씨 나는 싫네,
서울서 벼슬 사는
서방님네도 나는 싫네.

오늘밤 한자정에
닭서리나 할거나.
근팽이 모질이 팔배들 모아
밤새도록 강가에 모닥불 피우고
새벽별 질 때까지
술푸념이나 할거나.

제 2 장

1

저기 저게 무슨 소리
줄바위 열두 굽이
다람쥐가 뛰는 소리
저기 저게 무슨 소리
정참판네 중대문에
왜놈 청놈 나드는 소리

저기 저게 무슨 소리
여우골 깊은 숲에
가랑잎 솔잎 쌓이는 소리
저기 저게 무슨 소리
정참판네 안방 시렁에

지전 엽전이 쌓이는 소리

저기 저게 무슨 소리
모래사장 백사장에서
황새 배고파 우는 소리
저기 저게 무슨 소리
정참판네 깊은 곳간에
백미 현미 썩는 소리

저기 저게 무슨 소리
탄금대 열두 대에
장끼 까투리 얼리는 소리
저기 저게 무슨 소리
정참판네 비단금침에
동네 과부 구르는 소리

2

모닥불빛이 강물 위에
일렁이고
먼데서 밤새가 운다.
닭을 뜯고
벼랑에 걸린 달을 본다
새벽이 올 때까지.

이 가난은 누구 탓인가
왜 우리는 굶주려야만 하는가
이 땅이 왜 그의 것인가
이곳 넓은 들 논과 밭이
왜 모두 그의 것인가.

백옥같이 하얀 살결
큰애기씨 엷은 웃음.

내 연이 부르튼 귀
피멍든 손 마디마디.
믿을 수 없어
우리는 믿을 수 없어.
소리지르고 곤두박질치고
물속에 뛰어들고
서로 끌어안고
다시 울부짖고.

벼랑에 걸린 달을 보고
그렇다 우리는 깨닫는다,
이 기름진 땅
강가의 모든 들판은
우리 것이다.
저 맑은 하늘도 별빛도
우리 것이다.
꽃도 새도 풀벌레 그 한 마리도

우리 것이다.

빼앗은 자
우리에게서 이것을 빼앗는 자
누구인가, 가자.
나는 삿대를 빼어들고
모질이는 곡괭이를 메었다.

맨발이 함빡 이슬에 젖는 새벽길.
개도 배고파 짖지 않고
닭도 정참판네 살찐 닭만 울어댄다.
가자, 몽둥이를 삽자루를 들고.

열어라 대문을,
곳간을, 다락을.
산더미같이 쌓인
저 쌀섬은 우리 것이다.

일곱 색 찬란한 비단
저것도 우리 것이다.
이 기름진 땅 모두가
우리 것이다.
모여라 이웃들,
백옥 같은 흰 살결
삼단 같은 머리채의
큰애기씨 나는 싫네.

3

사람들은 날더러 도적이라 한다.
우리 것 뒤늦게 알고 되찾은
우리더러 사람들은 화적이라 한다.
잡으러 온 순포놈 둘
똥뒷간에 처박고
화승총 꺾어

두엄더미에 버렸대서
사람들은 우리더러 화적이라 한다.

아침부터 잔비가 오고
진창에 살구꽃이 떨어져 박히고
우리는 배를 타고 나루를 건넌다.
이 땅은 우리 것이다,
이 기름진 논과 밭은 우리 것이다.
앞산 중턱에 버려진 금점굴
훍내 속에서 하루를 보낸다,
찾자 우리의 것을 되찾자고.

마을은 종일 어지러웠다.
헌병보조원 들이닥치고,
빠져나가고,
다시 말 탄 헌병들이 들어오고,
정참판네 하인들 그 패거리들

강을 건너고, 벼랑을 뒤지고,
그쪽에서 두려워 되돌아가고,
되짚어 강을 건너고.

모질이는 맨주먹으로 벽을 치고
이를 간다, 단주먹에
단주먹에 요정을 내잔다.

비야 비야 오지 마라
우리 연이 홑적삼
노랑저고리 다 젖겠다,
팔배는 홍얼대는데
하룻밤이 지났는데도 마을은
그냥 시끄러워.
저 곳간 속에 썩는 쌀은
우리 것이다.

우리들 네 친구 다시 강을 건넜다.
주막집 마루에서
머슴 하나 누이고
정참판네 사랑에서
헌병보조원 허리 꺾고
도망치는 정참판
술상째 들어 동댕이치고

벽장문을 여니
지전 동전이 쏟아진다,
작은마님 다락 여니
비단 공단이 쏟아진다,
큰애기씨 반짇그릇에
금비녀 옥가락지 쏟아진다,
내 두 형 잡아먹은
귀신 붙은 잡것들
모두 모두 쓸어다 강물 속에 버려라.

푸석이는 무둑 타고
강나루로 나왔다.
거멓게 출렁이는 강물에
굵은 빗방울,
우리는 나룻배를 타고 이 밤에
이곳을 떠날 채비를 한다.

어머니 불쌍한 우리 어머니
이틀장 닷새장
개피떡 파는 어머니
모내기 전에 돌아오리라.
굶주려 눈만 있는 모질이 동생들,
애기낳이 잘못해서
다리 저는 근팽이 형수,
말 많다 논밭 떼었네
짚신 삼아 파는 팔배 아범,

떡보리 나기 전에 돌아오리라.

4

어기야디야 어기야디야
새 세상 찾아가세

보은 청산 기왓골 털면
묵은 쌀이 삼백 석
소년 과부 업어다가
이밥이라 지어먹고
먼동이 트기 전에
화물차를 타고 가세

어기야디야 어기야디야
새 세상 찾아가세

뿌연 달빛 물안개도
원수 되어 흐르는 강
도둑 맞은 문전옥답
차마 발이 안 떨어져
문경 새재 서른 굽이
먼저 넘은 벗 따라가세

어기야디야 어기야디야
새 세상 찾아가세

벙어리로 소경으로
귀머거리로 한 젊음
바람에 찌든 원한
뱃전에 배인 설움
개치 새나루에
소금배 들어도 못 풀겠네

어기야디야 어기야디야
새 세상 찾아가세

물 위에 한세월
구름 위에 한세월
물억새나 휘젓는
들오리로 한세월
잠 설치는 갈대밭
빈 바람이 되어 가세

어기야디야 어기야디야
새 세상 찾아가세

제 3 장

1

낮에는 구덩이에서 감석을 지고
밤에는 금점꾼들과 얼려
골패짝을 뒤척인다.
어느새 철쭉도 지고
감석더미 위에 하얗게
찔레꽃이 피었구나.

지척이 천리라
고향 소식은 멀고
나는 밤마다 꿈자리가 어지럽다.
불쌍한 어머니
개피떡 파는 어머니,

내 연이 노랑저고리
냉이 다듬던 터진 손.

모내기 전에 돌아가야지
황새떼 오기 전에 돌아가야지.
정참판네 하인들 눈 뒤집고
우릴 찾는다 해도,
헌병보조원 몰려와
어머니 불쌍한 어머니 닦달한다 해도,

찔레꽃이 지기 전에 돌아가야지
새우젓배 오기 전에 돌아가야지
물난리 전엔 돌아가야지.

그러나 들려오는 불길한 소식,
장구경 갔던 모질이는
머지 않아 이곳까지

우리 찾는 보조원이 몰려오리라는
뜬풍문을 안고 돌아온다.

또 이 금점판 떠나야 할 건가,
이 땅 단물 알뜰히 빨아먹겠다
사방에 길을 뚫는 공사판
여기저기 관청 짓는 막일자리
그 어느 한 곳 찾아 몸 숨길 건가,
이 억센 두 주먹 불끈 쥔 채.

밀린 품삯 절반에 깎아 받고
우리는 마지막 밤 술을 마셨다.
그렇다 우리는 친구들이다,
모두들 기름진 땅에서
쫓겨나온 사람들,
우리의 땅 우리의 것을
빼앗긴 사람들.

두견새 피 토하는 신새벽에
새삼 두 손을 움켜잡았다.
물난리 오기 전에 돌아가리라.
우리는 넷이 아니다 열이 아니다,
우리는 스물 백이 아니다.
새우젓배 오기 전에 돌아가리라
두 팔을 들어 어깨를 끼고.

2

긴 능선을 타고 내려온 바람은
산기슭 솔밭에 멈춰 우우우우 울고
들판에 와서는 흙먼지로 바뀐다.

이곳은 충주 음성 샛간
철길 공사판

목말리는 늦봄 가뭄
풀을 태우는 더운 바람
갈라지는 논바닥.

노를 젓던 내 억센 손은
종일 구루마를 밀고,
십장의 고함소리 욕지거리 속에
친구들은 삽질 곡괭이질을 한다.
너희들 조선사람 짐승 같다고
너희들 조선사람 어리석다고
너희들 조선사람 게으르다고
고함치는 십장 그 또한 조선사람.

하루에 쌀 한 됫박
조선사람 된 일 부끄러워
밭머리 국수댕이나무 아래 여인네들
애기에게 부른 젖 물리고 눈치 보는

우리는 열이 아니다 스물이 아니다,
빼앗긴 땅 되찾으려다 쫓겨난
우리는 모두 형제들이다.

남포가 터지고 돌가루가 튀고
왜놈들 신바람나 뛰고
십장들 덩달아 춤추고
이웃고 아낙네들 지쳐 논두렁에 눕고
눈을 감고 솔잎을 씹고.

보리가 배배 말라죽는 들판,
새카맣게 바닥에 달라붙은 개울물,
벌겋게 파헤쳐진 산비알 황토흙,
삽짝 앞에 돌메방아 뒤에 노적가리 곁에
퍼지르고 앉은 허기진 아이들.

나라는 망했다 해도
배부른 자는 배부른 채
나라를 빼앗은 자의 편에 붙어서서
배곯는 자를 더욱 배곯릴 궁리를 한다.

밤은 썰렁하고 부엉이 두견이 울고,
산비알 논두렁 아래 거적들을 편다.
반딧불 같은 담뱃불 반짝이고
청승스런 신노랫가락이 흐르고

삼거리 주막엔 갖가지 소문이 돈다.
변진사네 작은자제
군수 되어 나갔다더라.
신학문 한 옛 현감 자제
더 높은 벼슬 따고.

가진 자로부터

더 가진 자가 나라를 빼앗고
이제 가진 자는 더 가진 자에게 붙어
더 못살게 우릴 들볶는
그래서 이것이 새 세상인가

이 철길은 그들을 위한 것
저 신작로도 그들을 위한 것

십장의 욕지거리
왜놈의 고함소리
헌병놈 칼 절거덕 소리
정참판 기침소리

너희들은 모두 한덩어리가 되어
배곯는 우릴 더욱 괴롭히는구나.
삼단 같은 머리채의
큰애기씨 나는 싫어

산등성이에 기어올라 고함을 치고,
서로 끌어안고 비알을 구르고,
밭고랑 논두렁에 곤두박질치고
그래도 분이 안 풀려 이를 갈고,
거적때기에 박혀 몸을 뒤챈다.

온몸에 퍼렇게 피멍든 연이,
장바닥을 돌며 개피떡 파는 어머니.

3

살아간다는 일이 무엇인가.
왜 나라는 더욱 어지러워가는가.
세상은 날로 삭막해가는가.

들리느니 어디서

얼마가 굶어죽고 또 어디서
화적이 일어나 그 고을
부잣집을 대낮에 두루 털었다는 소문.

어느 양반네
나라 빼앗긴 분 이기지 못해
칼로 배를 가르고
자결했다고도 한다.
가뭄은 이어져 기근은 어언 삼년째

모를 못 낸 논은
허옇게 배를 내놓은 채
자빠져 있고,
뒤늦게 산두벼 뿌리고,
사람들은 공사판에 몰려 목을 맨다.

이곳 암바위골 최부잣집에서는

떡방아 소리가 나고
사랑방은 술자리가 끊이지 않고
왜놈 기사들의
간드러진 웃음이 높고
십장들이 드나들고,

아이들은 새로 지은 건조실
높은 담벽에 붙어서서
넋잃고 그들을 보고 있다.
향나무 아래 말라붙은 샘물.
아아, 목숨이란 무엇인가.

이웃 고을에서
잃은 나라를 되찾겠다 의병이 일어나
고을 관가를 치고
헌병대를 습격했다는 소문이 온 지
또 며칠

이 고장 양반들 헛기침하고
공사장 건너편 향회당에 몰려
쑤군대고
벌레 보듯 우릴 피해 길을 돈다.

나라란 어차피 그들만의 것인가
배부른 자들만의 것인가.
너희들 가난한 자는
배 채울 궁리나 하라고
그들의 눈은 말하고 있지만,

우리는 안다, 그들이 이 파장에서
무엇을 건지려 하고 있는가를.
그거나마 우리와 함께
나누려 않는 것을.

가난만이 오직 우리들이 가진 것,
나라란 그들만의 일 그들만의 것.
또 어느 고을이 굶어죽은
시체로 뒤덮였다는
뜬소문이 흉흉한 가운데
봄이 다 이울고
다시 여름도 갔다.

4

우리는 밟혀도 분노할 줄 모른다
우리는 찢겨도 일어설 줄 모른다.

그러나 한 아낙네
왜놈 기사가 희롱할 때,
홑적삼이 찢기고 무명치마 트더질 때,
야윈 젖가슴에 더러운 손 들어갈 때,

내 살점은 떨리고
몸에 소름이 돋았다.

헌병보조원 신바람나 박장대소할 때,
십장들 빌붙느라 그 아낙네 놀려댈 때,
억센 내 한 손이
기사 멱살을 잡았다,
언덕 아래 곤두박질치는 덩치 큰 기사,
그 위에 너부러지는 금니빨 십장.

밟아라 밟아라 밟아라,
삽시간에 공사판은 싸움판으로 바뀐다.
삽자루에 십장 골통이 깨어지고
곡괭이에 기사들 어깻죽지가 찍힌다.

몰려드는 젊은이들 빗발치는 돌팔매,
몽둥이 괭이자루 곡괭이 쇠망치.

아우성은 아우성을 부르고
피는 피를 부른다.

배를 곯는 설움
짓밟히는 아픔
나라 빼앗긴 울분

이 모든 것이 한덩어리가 되어
치고 밟고 찌르고 던진다.
저것이 내가 미워하는 모든 것이다
나를 밟고 학대하는 모든 것이다.

왜놈패들 동네를 향해 도망치고
우리들 쫓아가며 아우성친다.
그러다 갑자기 주춤대는 우리 대열
우릴 향해 돌려진 두 개의 총부리,
하나가 불을 토한다

또 하나가 불을 토한다.
쓰러지는 우리 패 하나
또 한 사람.

피는 피를 부르고
죽음은 죽음을 부른다.
이제 우리들
아무 두려울 것이 없다.
밟아라 밟아라 밟아라.

놈들은 최부잣집으로 숨고
대문이 잠기고 개가 짖는다.
에워싸라 이 집을,
나오라 나오라 나오라.

담을 기어오른다
대문이 열린다

노적가리에 불이 붙는다.
안채 서까래에도 불이 붙는다.
곳간문이 열리고 쌀섬이 쏟아진다.
내리쬐는 뙤약볕
피와 땀으로 범벅이 된 얼굴들.

5

키 작은 회양목
곱게 가꾼 향회당 뜰,
내놓아라 내놓아라 내놓아라,
우리는 열이 아니다 스물이 아니다
누운 사람 앉은 사람
일어서서 어정대는 사람,
굳게 닫힌 향회당 문
놈들은 그 안에 숨어

밤바람 서늘하고
멀리서 부엉이가 우는데
우리는 돌아갈 수 없다,
이대로는 돌아갈 수 없다.

살생을 해서는 안된다고,
나라가 망했어도 기강이 있어야 한다고,
세상이 어지러울수록
아래위가 있는 것이라고,
옳고 바른 길을 좇아야 한다고.

그러나 나는 믿을 수 없다,
그들만이 언제나 옳다는 것을.
우리가 배곯아야 옳은 일인가,
빼앗기고 짓밟혀야 옳은 일인가,
벙어리로 살아야 옳은 일인가.

그렇다 배고픈 자만이
배고픈 자의 설움을 아는 것,
짓밟히는 자만이
짓밟히는 자의 편이다.

너희들은 너희들의 편이다.
이 나라 지배해온 도포자락 헛기침.
아니다,
그것은 우리의 것이 아니다.
저 단청 하나 서까래 하나에도
우리네 어버이 형제들의
피와 원한이 얼룩져 있다는 것을,
나는 안다.

내놓아라,
우리들을 짓밟은 자들을 내놓아라.
왜놈을 내놓아라.

6

멀리 신작로에 두런대는 소리,
밤벌레 시끄럽게 울어쌓고
말발굽소리 동구 밖에서 멎었다.

동네 노인 하나가 달려나와
피하라고 이른다,
저것이 왜헌병 말발굽소리라 한다.

싸우리라, 마지막
목숨이 다하기까지 싸우리라.
돌과 몽둥이와 그것이 떨어지면
맨주먹으로 싸우리라.

그러나 불총 앞엔
힘이 없는 맨주먹,

총소리가 들리고 고함소리 들려올 때
형제들아, 모두들 나를 쳐다본다.
이제 나는
나 하나가 아니구나.
모질이는 싸우자 한다,
팔배는 피하자 한다
다시 기회를 보자 한다.

나는 망설인다
눈을 감는다.
왜 이 싸움은 시작되었나,
왜 이 싸움은 해야 하는가,
어떻게 이 싸움을 할 것인가.

천한 목숨 한번 죽음이야
두려울 것 없지만
개처럼은 죽을 수 없다, 친구들아.

백마령을 넘어
백마산으로 갈거나.
험한 산줄기
개비자나무 가문비나무 숲을 지나,
개고사리 깔린
골짜기도 지나
검단산의 돌바위골로 갈거나.

혈 끊는다 왜놈들
이곳저곳 박은 작살 빼면서
검단산 돌바위골
머루 다래도 따먹고
새재 서른 굽이 주을산으로 갈거나.

가난한 사람 모여 사는
새 세상을 찾아서,

억울한 사람 모여 사는
새 세상을 찾아서.
우리끼리 땅 일구고, 씨뿌리고,
거두고
밤에는 모여 앉아 옛애기하고

주을산을 지나면 여우별들 있다더라,
열두 길 벼랑 올라가야
하늘 하나 보이고,
열두 길 바위굴 지나야
햇볕 한 조각 보여,
그래서 가난한 사람
활갯짓하고 모여 사는
새 세상이 있다더라, 여우별들 있다더라.

7

낮에는 후미진 골짜기를 찾아
나무그늘에서 잠을 자고
밤이면 산줄기를 타고 걸었다.
동네가 나오면
큰 집 담을 넘들어가 양식을 얻고
닭을 잡고.

설익은 다래 따먹고
모싯대 꺾어 먹었다.
팽나무 시무나무 빽빽한 숲길
칡넝쿨 다래넝쿨 발목 묶는 바윗길,
세 낮을 자고 세 밤을 걸었다.
쉰에서 마흔 되고
마흔에서 스물 되어.

한양이라 오백릿길
찾아가는 황소떼,
두루마기자락 허리에 찌른
터벅대는 소몰이꾼.
저것이 문경 새재
서러운 서른 굽이.

박달나무 젖은 이슬
키장수 체장수 눈물일까.
봄바람 타고 올라왔다
찬바람에 묻어 돌아가는
안동 영해 청상과수 한맺힌 눈물일까.

저 고개 넘으면
새 세상 있다는데,
우리끼리 모여 사는
새 세상 있다는데,

누구인가, 우리더러
벗님네라 하는 사람,
팔 없는 사람 외눈박이
알몸뚱이에 절뚝발이
하릴없는 떼거지.

바위틈에서 튀어나오고
푸섶에서 일어나고
나무 위에서 뛰어내리고.

한눈에도 우리는 서로
원수가 아닌 것을 안다.
친구여, 우리가 찾아온 것은
바로 너희들이다.

그들을 따라 토끼길을 간다.

비탈을 오르고 바위를 돌고
고목나무 굴을 지나고
또 바위를 타고 내린다.
거기 그들의 움막이 있었다.

아아, 그대들은 의병이었구나,
나라를 찾겠다고 집을 뛰쳐나온
상전들 꾐에 집을 빠져나온
굳세고 용감한 의병이었구나.

지금은 한낱 도둑의 무리
끝없는 싸움에 지친 상전들 양반들은
바뀐 세상에서 새 몫을 찾고자 돌아가고,
학문하러 돌아가고,
처자식 찾아 돌아가고.
이제사 갈 곳을 안 그대들만 남아
나라를 되찾으려는 도둑의 무리 되었구나.

술판이 벌어지고 춤판이 벌어진다.
박달나무 녹다래나무
빽빽이 담을 친 널따란 공터
움막 다섯 채.
까투리 놀라 튀어오르고
둥지 찾아가는 산새들 긴 그림자.

꽹과리가 나오고 새납이 나오고,
한눈에 우리는 서로
친구들인 것을 안다.
우리의 갈 길을 우리는 가리라.

8

캥매캐캥 캥매캐캥 한바탕 놀아보세

나무 풀 타는 가뭄이 우리 탓이래
산짐승 모여 우는 것도 우리 탓이래
왜놈 청놈 모아다가 제상을 차려놓고
새파랗게 칼날 갈아 우리를 겨누네

캥매캐캥 캥매캐캥 한바탕 뛰어보세

지리산에서 죽은 애들 모여들어라
소백산에 묻힌 애들도 불러들여라
하얀 달빛 아래 황토흙 펴라
저주받은 넋들끼리 팔짱을 끼자

캥매캐캥 캥매캐캥 한바탕 돌아보세

지까다비 화약냄새 저리 치워라
양반님네 썩은 상투도 저리 비켜라
부정 타면 달도 해도 뜨지 않는다

조령관에 양지꽃도 피지 않는다

캥매캐캥 캥매캐캥 한바탕 미쳐보세

세상은 억울하고 원통한 일뿐
양반님네 아우성과 매운 채찍에
목덜미에 매달리는 피멍든 원한
밝아오는 동녘 찾아 꽃길을 열고

캥매캐캥 캥매캐캥 한바탕 달려가세

제 4 장

1

무엇을 할 것인가 정해진다.
살아 남기 위해서 싸울 일이다.

새재 근방 얼씬대는 왜놈들을 잡고
양반님네 부잣집 곳간을 털자.

연풍 청산 청안 괴산에
활개치는 왜놈들,
영해 문경 풍기 가은에
다리 뻗고 자는 양반,
삼년 가뭄 아우성에도
이밥 찰떡에 배탈난 양반.

버려진 총으로 무장을 했다.
참억새 엉겅퀴 산국화가
서로 엉기고 붙잡고 감고 기댄
산비알에서 등성이에서
총질을 배웠다.

인동덩굴 녹다래덤불 덮인

바위를 기어오르고 내려뛰고
토끼 노루를 쫓아
돌골짜기를 치달렸다.

화전민 좇아
산밤 따고 도토리 떨고
묵밭을 파고
스슥 타래 꺾고

밤에는 모여 앉아
집 생각도 했다.

집 앞뒤에 깔린 노란 들국화,
개피떡 빚는 늙은 어머니,
장날이라 다 늦도록
설거지 못 끝낸 연이,
손등에 소매 끝에 밴 참기름.

달빛 아래 낮은 산들이
부옇게 떠오르면
가까이서 멀리서
늑대들이 저희들끼리 부르고 대답한다.

하늘을 가파르게 치받치고 있는
높고 긴 능선을 바라보고 서서,

우리는 싸워야 한다
살기 위해서.
우리는 이겨야 한다
살아 남기 위해서.

우리는 서른 비록 쉰이지만
한 고을이 일어서면
열 고을이 눈을 뜨고

열 고을이 일어서면
온 나라에 뜨거운 바람 이는 것.

왜놈들 다시는 이 땅에
발 못 붙이게 하라.
양반님네 다시는 이 고장에서
그 헛기침 못하게 하라,
그 거짓 웃음 못 웃게 하라.

2

연풍고을 들이치고
쌀 백 섬을 뺏었다,
날이 새기 전에 부황난 고을 사람들
모아 나누어주고.
풍기고을 들이치곤
헌병 셋을 죽였다,

이 땅의 왜놈들
마지막 한 놈도 살려 보내지 않으리라
방을 달고.

문경을 치고 쌀을 빼앗고,
영해를 쳐서는 왜놈을 잡고,
다시 청산을 치고 청안을 쳤다
괴산을 치고 가은을 쳤다.

팔배는 풍기고을에서 죽고
근팽이는 영해에서 죽었다.
친구들은 반으로 줄었으나
배고픈 무리들 다시
이 고을 저 고을에서
떼지어 찾아든다.
친구들의 죽음 위에
죽음을 쌓으면서.

바람이 불고 눈보라가 치는구나.
양반님네 새재의 큰도둑 치기 위해
의병을 모은다는 소문이 들리고.

싸움을 쉴 것인가
해동이 올 때까지.
눈은 내리고 쌓이고
길과 바위와 숲을 덮었다.
양반님네 발뻗고 자겠다
의병을 모았다는 소문 속에,
바깥도둑 접어두고 집안도둑 치겠다
의병 모았다는 소문 속에,
문경 장터 연풍고을
의병들로 덮였다는 소문 속에.

나는 다시 꿈자리가 어지럽다.

떡함지를 이고 강을 건너는 어머니,
터진 맨발로 살얼음 딛는 어머니,
왕버들 눈꽃 밑에서 울고 있는 내 연이.

밤중에 눈을 뜨면
문을 때리는 눈바람,
산등성이를 쓸고 골짜기에 몰렸다
되올라오는 눈바람,
박달나무 팽나무가 울고
시무나무 혹느릅나무가 흐느낀다.

외팔이네 술청 앞에
왜상이 들어섰다는 소문도 들리고,
내 연이 낭군 찾아
집 떠났다는 소문도 들리고.

이 눈이 녹기 전에

고향 다녀오리라,
새 싸움 벌이기 전에
내 연이 보고 오리라,
손등에 소매 끝에 밴 참기름.

3

밤은 지루하고 낮은 지겨웠다.
친구들은 서로 다투고
주먹질을 하고
한밤중에 몰래 도망치는 자도 있었지만,
여편네 얻어 술장사 하겠다고
장터 한구석에서
미투리라도 삼겠다고.

무엇 때문에 우리가
싸워야 하는가,

살기 위해 반드시 싸워야 하는가.
눈은 줄기차게 내리고
바람은 지겹게 분다.

나는 친구들을
으르고 달래고 소리쳤지만,
살아 남기 위해서 싸워야 한다고
살기 위해서 이겨야 한다고 악을 썼지만.

어리석었구나
우리는 참으로 어리석었다,
보라, 눈 속을 뚫고 찾아온 저들을.
이곳 나간 양반 길잡이 되어
해동이 오기 전에 찾아온 저들을.

무기를 버리는 자 살려준다 한다,
투항하는 자 전비를 묻지 않겠다 한다,

그러나 저들
기세 좋은 총소리.
투항하는 자
살려준다 한다.
무기를 버리라 한다.
우리는 서로 원수가
아니라 한다.

모두들 내 눈치만 살핀다.
총을 든 내 손만 보고 있다.
싸워야 한다 살아 남기 위해서
이기기 위해서.

내 총은 불을 뿜지만
어째서 나는 외토리가 되었는가.
여기저기 움막에서 거적때기 들치고

웅기중기 기가 죽어 기어나오는 친구들.
싸워야 한다 이겨야 한다
나는 외치는데.

머리로 벽을 들이받고
나가는 자 쏘겠다 위협해도 어느새
아무도 내 말에 귀기울이지 않는다.
이제 나는 외토리가 되었구나.

이마로 땅바닥을 치고
원통해 울부짖다 나는 이를 문다.
쏘리라 마지막 한 방까지.
너희들이 다스리는 세상을 향해
이 뼈에 사무친 원한도 함께
쏘아 보내리라.
가진 자, 너희들은 너희들의 편이다.

4

이 나라의 기둥인
양반을 욕뵈었다 너희들은 말한다.
나라를 잃어 깊은 설움에 잠긴
양반에게 대들었으니 죽어 마땅하다 한다.
배고픈 백성을 가엾이 여기고
병들고 어리석은 백성 위해 한숨 짓는

양반을 따르기만 하라 한다 너희들은.
나라를 빼앗긴 일 되찾는 일이
모두 너희들의 일이라 한다.

나는 어깨에 총을 맞고 쓰러졌다가
충주부 연풍고을
향회공당에 와 갇혔다
도둑의 괴수 산적의 두목이 되어.

살을 찢는 눈바람이 더욱 세차고
산꿩이 먹이를 찾아 내려와
은행나무에 부딪쳐 피 흘리는 저녁
나는 끌려나가 돌바닥에 꿇어앉혔다.

그들이 얼마나 이 나라를
사랑하는가 말하지만,
나는 믿을 수 없다.
우리들 어리석은 백성의 소란으로
나라 되찾는 일 더 어지러워진다지만,
나는 믿을 수 없다.
나라 걱정 가엾은 백성 걱정에
잠 못 이룬다 하지만,
나는 믿을 수 없다.

너희들은 오로지 너희들의 편이다.
나는 다만 우리 위해 싸우다

살아 남기 위하여
우리 위해 죽을 뿐이다.
멀리서 둥둥둥 북소리 들리고,
싸우리라 이 모진 목숨을 바쳐.

5

가까운 숲에서 늑대가 운다.
빈 들판에 바람이 흙먼지를 일으키고
산 위에 조각달이 파랗게 걸려 떠는
섣달 그믐.

소백산맥 외딴 산속 작은 읍내
지금 내 머리는 여기 쇠전 한구석
높은 종대에 동그마니 걸려
밤새껏 바람에 건들대고 있다.

내 젊음은 짧고
싸움은 헛된 것이었을까
보라
까마귀에 쪼아먹힌
이 두 개의 눈을.

내 귀는 서럽게 닫혀 있지만
밟아라 밟아라 하던
죽여라 죽여라 하던
성난 우리들의 아우성
아직도 온 고을에 자욱한데

새재 가파른 벼랑에선가
멀리서 늑대 울음이
낭군 찾아 객지땅
주막거리에 얼쩡대는
피엉킨 연이의 통곡이 되어

높이 걸린 내 머리에 와
부서지고 있다.

<1978 · 창작과비평>

시집 뒤에

얼마 동안 쉬었다가 다시 시를 쓰기 시작했을 때, 나는 내가 자라면서 들은 우리 고장 사람들의 얘기, 노래, 그 밖의 가락 등을 시 속에 재생시킴으로써 그들의 삶이며 사상, 감정 등을 드러내겠다는 생각을 했었다. 『농무』는 이 점에 있어 미흡했기 때문에 나로서는 적이 불만스러웠다. 새 시집 『새재』에는 내 이 당초의 뜻이 약간은 더 구체화되었다고 느껴지지만, 원고를 정리하면서 스스로 생각의 얕음, 솜씨의 둔함을 새삼스럽게 느끼지 않을 수 없었다. 다만 이 시집이 조그마한 변화, 형식적인 발전으로서는 아무것도 달라지지 않고 그 신분도 바뀌지 않는 내 고향 사람들과 이웃들을 위하여 조그만 위안이나마 되기를 바랄 뿐이다.

무엇이 진실인가를 말하기에 앞서 어떻게 말해야 좋을지를 먼저 고민해야 하는 시대에 시를 쓴다는 일이 얼마나 어려운 일인가를 거듭 느끼면서 두 번씩이나 시집을 만드느라 애써주신 '창비'의 여러 친구들에게 깊이 감사드린다.

1979년 3월

신 경 림

창비시선 18

새재

초판 1쇄 발행/1979년 3월 30일
개정판 1쇄 발행/1994년 1월 18일
개정판 13쇄 발행/2024년 6월 18일

지은이/신경림
펴낸이/염종선
펴낸곳/(주)창비
등록/1986년 8월 5일 제85호
주소/10881 경기도 파주시 회동길 184
전화/031-955-3333
팩시밀리/영업 031-955-3399 편집 031-955-3400
홈페이지/www.changbi.com
전자우편/lit@changbi.com

ISBN 978-89-364-2018-5 03810